Dora y la aventura de Navidad

adaptado por Christine Ricci
basado en el guión original de Chris Gifford
ilustrado por Robert Roper

Simon & Schuster Libros para niños/
Nickelodeon
Nueva York   Londres   Toronto   Sydney

Hi! Soy Dora. Esta es mi noche favorita del año. ¡Es la Nochebuena! Así es como llamamos a la fiesta de la víspera de Navidad. Ya el árbol está decorado. Las mesas están llenas de golosinas y los regalos están al pie del árbol. ¡Todos están tan emocionados en el bosque!

¡Eh! Veo un reno escondiéndose detrás del árbol de Navidad. Espera un momento. Eso no parece ser un reno cualquiera. ¿Quién está detrás de esa máscara de reno? ¡Es Swiper! Swiper está trepando el árbol de Navidad. Se va a llevar la estrella. *Oh, no!* Si Swiper se lleva la estrella de Navidad, ¡Papá Noel lo va a poner en su lista mala!

¡Escucho unas campanas! ¿Ves a alguien en el cielo? ¡Es Papá Noel! ¡Mira! Papá Noel está usando su polvo mágico de Navidad para detener a Swiper. ¡Papá Noel ha salvado la fiesta!

Papá Noel puso a Swiper en su lista mala por intentar llevarse la estrella del árbol de Navidad. Para poder salir de la lista mala, Swiper tiene que viajar en el tiempo a las navidades del pasado (cuando era todavía un bebito) y a las navidades del futuro (cuando ya será grande), para aprender el verdadero espíritu de la Navidad. ¡Tenemos que ayudar a Swiper! ¡Vámonos! *Let's go!*

Grumpy Old Troll nos puede ayudar a viajar en el tiempo. Pero primero tenemos que responder su adivinanza: ¿Quién tiene una barba blanca y viaja siempre en trineo con regalos navideños como salidos del cielo?

¡Papá Noel! Respondimos la adivinanza del Grumpy Old Troll, y él a cambio nos ha dado capas con las que podremos viajar en el tiempo.

¡Para viajar en el tiempo tenemos que sacudir nuestras capas!

Estamos en el bosque navideño del pasado. ¡Veo muchos bebitos! ¿Puedes adivinar quiénes son estos bebitos? Son Isa, Tico, Boots, Benny y hasta bebé Swiper. *Oh, no!* El bebé Swiper se ha llevado todos los regalos navideños del resto de los bebés.

A Swiper no le gusta que el bebé Swiper haya hecho llorar a todos los bebés. Va a devolverles los regalos a los bebés. Creo que Swiper está empezando a aprender cuál es el verdadero espíritu de la Navidad.

Hemos viajado en el tiempo, y ahora somos pequeñines. Todos estaban jugando con sus nuevos juguetes navideños cuando el pequeñín Swiper se los llevó todos y los tiró en el bosque.

Vamos a ayudar a Swiper a encontrar todos los juguetes que se llevó el pequeñín Swiper. ¿Ves un carrito de juguete para Benny, un bongó para Isa, un guante de béisbol para Boots, un triciclo para Tico y un caballito para mí?

Gracias por ayudar a Swiper a encontrar los regalos. ¡Swiper está aprendiendo el espíritu de la Navidad!

Ahora estamos en el bosque navideño del futuro, cuando ya somos mucho más grande. ¡Eh! ¿Ves a una Dora grande? Sí, está mirando al pino, pero el árbol no tiene decoraciones navideñas. En el futuro, el Swiper grande se habrá llevado todo y entonces no habrá fiesta de Navidad. Tenemos que ayudar a Swiper a aprender el verdadero espíritu de la Navidad, ¡para que cuando crezca no sea como el Swiper grande!

Oh, no! Swiper grande se ha llevado otra cosa. Se llevó la capa de viajar en el tiempo de Swiper. ¡Sin la capa, Swiper no puede regresar a casa!

Por suerte, conozco a unos amigos que nos pueden ayudar. ¿Ves a Boots, Benny, Isa y Tico? Ellos nos quieren ayudar a recuperar la capa.

Tenemos que encontrar al Swiper grande, pero no sabemos a dónde fue. ¿A quién le pedimos ayuda cuando no sabemos a dónde ir? ¡A Map! Map dice que el rastro de papel de regalo conduce al castillo donde vive el Swiper grande. ¿Ves el rastro con papel de regalo? ¡Vámonos! *Let's go!*

Llegamos al castillo. ¿Ves al Swiper grande? ¡Sí! Está durmiendo en su sillón. Pobrecito. El Swiper grande parece estar muy solo.

Swiper no quiere terminar solo, sin amigos, en las navidades. Él quiere aprender el verdadero espíritu de la Navidad.

Tenemos que encontrar la capa morada de viajar en el tiempo, para que Swiper pueda regresar a casa. Busca en el castillo. ¿Ves la capa morada de viajar en el tiempo? ¡La encontraste! Regresemos a casa. ¡Vámonos!

Z-Z-Z-Z-Z-Z

Llegamos a casa a tiempo para ver como Papá Noel entrega los regalos navideños. Papá Noel trae regalos para todos . . . excepto Swiper. Todavía está en la lista mala.

En lugar de recibir regalos, Swiper nos quiere dar algo. ¿Qué nos quiere dar Swiper? ¡Su conejito! Swiper nos ha regalado su conejito para darnos las gracias por ayudarlo hoy.

¡Ya suenan las campanas! Swiper ha aprendido el verdadero espíritu de la Navidad: es mejor dar que recibir . . . ¡o que quitarles las cosas a los demás!

¡Ya Swiper no está en la lista mala! Papá Noel le ha dado a Swiper una bolsa llena de regalos, ¡y Swiper está regalándolos todos! Ayudamos a Swiper a aprender el verdadero espíritu de la Navidad. ¡Lo hicimos! ¡Feliz Navidad!